LIBRAIRIE D'ÉDUCATION

DE PIERRE BLANCHARD,

RUE MONTESQUIEU, N° 7.

UTILE, SI JE PUIS

Beautés de l'Histoire de France, par *Pierre Blanchard.*
DOUZIÈME ÉDITION, 1 v. in-12, avec 8 fig. Prix, 3 fr.
Tableaux de la nature et des bienfaits de la Providence,
1 vol. in-12, fig. Prix, 3 fr.
Événemens les plus curieux de l'Histoire, par *Ch. Leu-
mier,* 2 vol. in-12, fig. Prix, 7 fr.
Les Animaux industrieux, 1 vol. in-12. Prix, 3 fr.
Les Végétaux curieux, 1 vol. in-12. Prix, 2 fr. 50 cent.
Contes d'une Mère à sa Fille, par madame *Mallès de
Beaulieu,* 2 vol. in-12, ornés de 12 jolies gravures,
avec une couverture imprimée. Seconde édit. Prix, 6 fr.
Conversations amusantes sur l'Histoire de France, par
mad. *Mallès de Beaulieu,* 2 vol. in-12, fig. Prix, 6 fr.
L'aimable Enfant, ou Conversations d'Édouard ; imité
de l'Éducation pratique de *Miss Edgeworth,* par ma-
dame *Élisabeth de Bon,* 2 vol. in-12, fig. Prix, 6 fr.
Aventures de Robinson, 2 vol. in-12, avec 12 jolies gravures. Prix, 6 fr.
Eudoxe, ou la Jeunesse prémunie contre les erreurs po-
pulaires, par *B. Allent,* 2 vol. in-12, fig. Prix, 5 fr.
Le Retour des Fées, contes, par madame la comtesse d

I

2

Choiseul, 2 vol. in-12, ornés de 10 grav. Prix, 5 fr.

Lettres de deux jeunes amies, ou Conseils de l'amitié, par mad. *Mallès de Beaulieu*, 2 v. in-12, fig. Prix, 5 fr. 50 c.

La Bonne Famille, ou la Morale mise en action, par *Salzmann*, 2 vol. in-12, fig. Prix, 5 fr.

Le Robinson de douze ans, histoire curieuse d'un jeune mousse abandonné dans une île déserte, 1 vol. in-12, fig. Septième édit. Prix, 2 fr. 50 c.

Eugénie, ou le Calendrier de la Jeunesse, par madame *de Flamanville*, 1 vol. in-12, orné de 6 jolies fig. Troisième édit. Prix, 2 fr. 50 cent.

Les Jeunes Pensionnaires, 1 v. in-12, fig. Prix, 2 f. 50 c.

L'Ange protecteur de la Jeunesse, par *Salzmann*, 1 vol. in-12. Prix, 2 fr.

Petit Théâtre de Famille, par madame de Flesselles, 1 vol. in-12, fig. Prix, 2 fr.

Petit Tableau des Arts et Métiers, ou les Questions de l'Enfance, 1 vol. in-12, fig. Seconde édit. Prix, 2 fr.

Contes à Henri, 1 vol. in-18, fig. Prix, 1 fr. 50 c.

Le Petit Anacharsis, 2 vol. in-18, fig. Prix, 3 fr.

L'Ami des Petits Enfans, ou les Contes les plus simples de *Berquin*, *Campe*, et *Pierre Blanchard*, 2 vol. in-18, ornés de jolies figures. Prix, 3 fr.

Les Quinze Nouvelles de l'Enfance, 2 vol. in-18, fig. Prix, 3 fr.

Modèles des Enfans, 1 vol. in-18, figures. Douzième édition. Prix, 1 fr. 50 c.

Modèles des Jeunes Personnes, 1 vol. in-18, fig. Neuvième édition. Prix, 1 fr. 50 cent.

Modèles de la Jeunesse chrétienne, 1 vol. in-18, figures. Sixième édition. Prix, 1 fr. 50 cent.

Le Livre des Petits Enfans, abécédaire in-12, fig. Prix, 75 c.; color. 1 fr.

L'Enfant aveugle, histoire, 1 vol. in-18, fig. 1 fr. 50 c.

Les Accidens de l'Enfance, par *Pierre Blanchard*, 1 vol. in-18, fig. Onzième édition. Prix, 1 fr. 50 c.

Les Enfans studieux. Neuvième édition, 1 vol. in-18, fig. Prix, 1 fr. 50 c.

Premières connaissances à l'usage des enfans qui commencent à lire, 1 vol. in-18, fig. Neuvième édit. Prix, 1 fr. 50 cent.

Leçons pour les Enfans de trois à cinq ans, 1 vol. in-18, fig. Prix, 1 fr. 50 c.

Contes pour les Enfans de cinq à six ans, 1 vol. in-18, fig. Prix, 1 fr. 50 c.

Comment le jeune Henri apprit à connaître Dieu, 1 vol. in-18, fig. Prix, 1 fr. 50 c.

Tom Pouce, 1 vol. in-18, fig. Prix, 1 fr. 50 c.

Présent d'une Sœur à son Frère, et d'un Frère à sa Sœur, petits contes, 1 vol. in-18, fig. Troisième édi tion. Prix, 1 fr. 50 cent.

Contes à Henriette, in-18, avec 6 jolies fig. Prix, 1 fr. 50 c.

Le La Fontaine des Enfans, ou Choix des Fables de La Fontaine les plus simples et les plus morales. Cinquième édition, 1 vol. in-18, figures. Prix, 1 fr. 50 cent.

Les Petits Peureux corrigés, 1 vol. in-18, fig. Prix, 1 fr. 50 cent.

Geneviève dans les bois. 1 vol. in-18, fig. Prix, 1 fr. 50 c.

Les Embarras d'une Petite Fille curieuse, 1 vol. in-18, fig. Prix, 1 fr. 50 c.

Modèles de prose, 1 vol. in-18, fig. Prix, 1 fr. 50 c.

Modèles de Poésie, 1 vol. in-18, fig. Prix, 1 fr. 50 c.

L'Abeille chrétienne, Choix de poésies religieuses, 1 vol. in-18, fig. Prix, 1 fr. 50 c.

Dictionnaire des Locutions vicieuses les plus communes, et des mots dénaturés ou mal employés. 1 vol. in-18. Prix, 1 fr. 50 cent.

Le Secrétaire des Enfans, 1 vol. in-18. Prix, 1 fr. 50 c.

Vie du jeune Louis XVII, écrite en faveur de la jeunesse. Troisième édit. 1 vol. in-18, fig. Prix, 1 f. 50 c.

Vie de sainte Geneviève, patronne de Paris. 1 v. in-18. Jolie édition, ornée de 4 fig. Prix, 1 fr. 50 c.

Vie de Fénélon, 1 vol. in-18, fig. Prix, 1 f. 50 c.

Vie de Saint Vincent de Paule, 1 vol. in-18, fig. Prix, 1 f. 50 c.

La Grammaire en dialogues, par *Le Vallois*. 1 vol. in-12. Prix, 1 fr.

Histoire de France en estampes, in-8° oblong orné de 32 planches, avec couverture gravée et cartonnée. Prix, 10 fr.

La Géographie en Estampes, ou les Mœurs et les Costumes des Peuples. 1 vol. in-8° oblong, avec couverture cartonnée et imprimée, et orné de 30 pl. Prix, 8 fr.

La Ménagerie amusante, ornée de beaucoup de figures, in-8 obl., cart. Prix, 5 f.

Les Jeux des Petits Militaires, avec beaucoup de grav., in-8 obl., cart. Prix, 5 f.

Les Aventures de Têtu, gr. in-8 obl., fig. et cart. Prix, 3 fr.

Le Miroir des Enfans, estampes morales, cahier in-16 oblong, cartonné, avec une couverture imprimée. Seconde édition. Prix, 1 fr. 50 cent.

Le Petit Enfant prodigue, 1 cahier oblong, orné de 16 jolies grav. Seconde édit. Prix, 1 fr. 80 c.

Joseph et ses Frères, 1 cahier in-16 oblong, fig. et couverture cart. et imprimée. Prix, 1 fr. 50 c.

La Journée des Enfans, 1 vol. in-32, cartonné et orné de 10 jolies figures. Prix, 1 fr. 50 c.

La Petite Ménagerie, histoire des animaux. 1 v. in-32, oblong, orné de 24 jolies figures, couverture cartonnée et imprimée. Seconde édition. Prix, 1 fr. 50 cent.

Histoire surprenante de Jacques le vainqueur des Géans, conte d'enfant, 1 cahier in-16 oblong, fig. Prix, 1 fr. 25 cent.

La Civilité en Estampes, in-8° oblong, carton. Prix, 2 fr.

Les Bons Exemples, gravures morales et amusantes, in-8° oblong, cartonné. Prix, 2 fr.

Promenades amusantes d'une jeune Famille dans les environs de Paris. 1 cahier oblong, jolies gravures, couverture imprimée et cartonnée. Prix, 2 fr. 50 cent.

Le Jeune Dessinateur, ou Études de paysages, fleurs et animaux. Cahier oblong, orné de 23 gravures, couverture cart. et imprimée. Prix, 3 fr.

Abécédaire des Petites Demoiselles, in-12, orné de jolies figures. Prix, 75 cent.; et color. 1 fr.

Abécédaire des Petits Garçons, in-12, fig. Prix, 75 c.; et color. 1 fr.

Petit Quadrille des Enfans, abécédaire in-12, fig. Prix, 75 c.; color. 1 fr.

Abécédaire Géographique, in-12, figures. Prix, 75 c.; et color. 1 fr.

Petit Abécédaire amusant, in-32 oblong, 12 fig. color. Prix, 60 cent.

L'Abécédaire des Campagnes, in-18, orné de 4 planches coloriées. Prix, 40 cent.

L'Abécédaire des Écoles Chrétiennes, in-18, avec 4 planches coloriées. Prix, 40 cent.

Le Dictionnaire des ménages, ou Recettes diverses. Un fort vol. in-8°. Seconde édition. Prix, 6 fr.

Formulaire des Maires et Adjoints, 1 vol. in-12. Prix, 4 fr.

Le Secrétaire du Commerce, 1 vol. in-12. Prix, 2 fr.

Le Défenseur à la justice de paix, ou Dictionnaire de jurisprudence à la portée de tout le monde. 1 vol. in-12. Prix, 3 f.

Dictionnaire des connaissances militaires, par le général *Le Couturier*, à l'usage des jeunes gens qui se destinent à la profession des armes, 1 vol. in-8. Prix, 6 f.

Félix et Félicie, ou les Pasteurs du Jura, par *P. Blanchard*, 1 vol. grand in-18, jol. fig. Prix, 3 fr.

L'ÉSOPE DES ENFANS.

L'ÉSOPE

DES ENFANS,

OU

FABLES NOUVELLES

EN PROSE,

COMPOSÉES POUR L'INSTRUCTION MORALE

DE L'ENFANCE.

Livre de lecture pour le premier âge,

PAR PIERRE BLANCHARD.

A PARIS,

A LA LIBRAIRIE DE L'ENFANCE ET DE LA JEUNESSE,

CHEZ PIERRE BLANCHARD,

RUE MONTESQUIEU, N° 7.

—

1827.

PARIS. — IMPRIMERIE DE CASIMIR,

RUE DE LA VIEILLE-MONNAIE, N° 12.

AVERTISSEMENT.

Les fables plaisent aux enfans;
ce sont de petites scènes qui égaient
leur imagination; ils aiment à voir
sire Loup et compère le Renard s'en-
tretenir ensemble et agir comme si
c'étaient des hommes; ils ne saisis-
sent pas toujours le but de la fable,
la leçon morale qui en est l'âme;
mais s'ils se sont amusés, s'ils ont
senti que la lecture peut donner quelque plaisir, c'est assez pour le
moment, c'est même beaucoup de
gagné. Un avantage que présentent
encore les fables, c'est qu'elles sont
courtes, et cet avantage est essentiel

quand il s'agit de lecteurs de cinq à six ans : leur attention ne peut soutenir un long récit, quelque intéressant qu'il soit; il faut amuser les enfans, mais il faut les amuser vite et en variant leurs plaisirs , autrement ils vous échappent.

Ces raisons, toutes bonnes qu'elles sont, m'objectera-t-on peut-être, n'étaient pas suffisantes pour engager quelqu'un à composer de nouvelles fables; nous en avons déjà assez et même trop.

Cela est vrai; mais les fables en vers sont presque inintelligibles pour les enfans; nous sommes séduits par le charme que l'innocence de leur âge et la facilité de leur mémoire donnent aux vers de La Fontaine, et nous pensons qu'ils y prennent autant de plaisir que nous. Il est facile de se convaincre du contraire.

Mais, dira-t-on encore, si les fables en vers ne conviennent pas au premier âge, nous avons celles d'Ésope, qui sont en prose ; on peut en faire usage. C'est aussi ce que l'on a fait ; mais ces fables n'ont pas été composées pour les enfans ; la leçon s'adresse aux ambitieux, aux oppresseurs, aux avares, aux fripons, et les hommes seuls savent ce que c'est.

J'ai donc cru qu'il était possible de faire un livre utile en composant de nouvelles fables en prose, dont la morale s'appliquât aux défauts des enfans, et qu'ils pussent facile-ment comprendre.

Je n'ai pas voulu que le récit de ces fables fût trop concis et par con-séquent trop sec ; les enfans ne sont pas insensibles aux images riantes et animées; il faut donc embellir et animer le style, mais avec modéra- tion et surtout avec clarté. Les mo- ralités doivent être expliquées avec plus de détail que s'il s'agissait de parler à des hommes : des lecteurs de six à sept ans n'entendent pas à demi-mot. J'ai destiné cet ouvrage à devenir un livre de lecture pour le premier âge; c'est aux mères de fa- mille et aux instituteurs et institu- trices à juger si j'ai atteint le but que je m'étais proposé.

Le bouquet de cerises.

Le petit Âne méchant.

Le petit Lapin indocile.

L'ÉSOPE

DES ENFANS.

FABLE Iᵉʳᵉ.

Le Bouquet de cerises.

Un petit cerisier était couvert de fleurs; on l'eût pris pour un bouquet qu'il ne s'agissait que de cueillir. Un enfant qui passait crut en effet que le printemps ne l'avait paré ainsi que pour l'amusement; il pria son père de le couper et de le lui donner. Mon fils, cela ne se peut, dit le père. Mais ce ne sont que des fleurs, reprit l'enfant. Eh bien, poursuivit le père, attendons quelque temps, et puis nous verrons.

Quand les fleurs furent tombées, et que le soleil eut rougi les cerises qui les avaient remplacées, le père conduisit son fils devant l'arbuste. Oh! quelles belles cerises, s'écria l'enfant. Mon ami, dit le père, les cerises ne seraient point là, si nous eussions coupé les fleurs.

Cela doit t'apprendre qu'il faut savoir se priver d'un plaisir frivole pour se ménager un véritable avantage. Quand je te force chaque jour de donner à l'étude quelques heures que tu voudrais donner au jeu, quelle est mon intention ? c'est de te rendre propre à paraître avec honneur parmi les hommes. La jeunesse est la fleur de la vie, il faut la soigner pour qu'elle rapporte des fruits.

FABLE II.

Le Tilleul.

LE même enfant qui voulait qu'on lui donnât le petit cerisier en fleurs, et qui fut très-aise d'avoir attendu que les fruits eussent mûris, remarqua un jour un tilleul qui étendait ses larges branches sur le bord de la route.

Voilà un arbre bien inutile, dit-il. Et pourquoi?

demanda le père. — Il ne
donne point de fruits. —
Mais son bois est utilement
employé, on en fait des
planches ou on le brûle. —
Dans ce cas, que ne le pla-
çait-on au milieu des forêts;
un arbre fruitier ici réjoui-
rait bien plus le voyageur.

Le père ne répliqua rien.
Le temps était chaud; les
rayons du soleil brûlaient
la plaine. En revenant, le
père dit à son fils : Reposons-
nous un moment sous cet
arbre. Ils se placèrent sur
le gazon et respirèrent avec

délice un air frais et agréable sous le vaste ombrage
du stérile tilleul.

Oh ! qu'on est bien ici,
s'écria l'enfant ! cet ombrage
nous vient bien à propos,
car nous mourrions de
chaud.

Eh bien ! dit le père, cet
arbre n'est donc pas aussi
inutile que tu le pensais ?
Apprends, mon fils, que
rien d'inutile n'est sorti de
la main du Créateur ; et, de
plus, fais une réflexion es-
sentielle : c'est que pour
obliger on n'a pas toujours

besoin d'être riche ; cet arbre ne peut nous donner de fruits, mais il nous prête son ombrage. Ainsi l'homme pauvre, qui ne peut offrir d'argent à son semblable, peut cependant trouver l'occasion de lui rendre encore d'importans services.

FABLE III.

Le Chat et l'Enfant.

Le chat m'a égratigné, disait Fanfan à sa mère. C'est une méchante bête qu'il faut punir. Voilà les verges, frappe.

Un moment, reprit la mère; il faut, avant de le punir, savoir s'il a mérité qu'on le châtie. Je vois bien le mal qu'il t'a fait, mais je ne sais pas celui que tu as pu lui faire.

Il lui a pincé l'oreille, dit un petit garçon qui se trouvait là.

En ce cas, répliqua la mère, le chat a bien fait ; il a blessé la main qui le blessait.

Mon fils, chaque fois que vous ferez du mal à quelqu'un, vous pouvez vous attendre à la pareille.

~~~~~~

FABLE IV.

Les deux Perroquets.

Deux perroquets, enfans
de l'Amérique, arrachés en
même temps au nid pater-
nel, faisaient voyage vers
les rivages de l'Europe.
Mais tout en tenant la
même route, ils se trou-
vaient chacun de leur côté
en compagnies bien diffé-
rentes. Vertvert, par un
heureux cas du sort, avait

été placé dans une petite
chambre du vaisseau occu-
pée par une bonne et res-
pectable famille; Vertvert
n'entendit que de bons
propos, et par conséquent
ne put apprendre que d'excellentes paroles; aussi ce
fut un perroquet très-hon-
nête, très-poli, et qu'on
pouvait présenter dans les
meilleures compagnies.

Jacot, son frère, fut, au
contraire, livré aux mate-
lots, à toute la canaille du
navire. Son langage se res-
sentit bientôt de cette so-

ciété ; il jurait, reniait, poussait des cris de sauvage, et proférait des mots qui faisaient reculer d'horreur.

Que résulta-t-il de ceci? C'est qu'à leur arrivée en France, Vertvert fut admis dans la chambre d'une princesse, et que Jacot ne put être souffert que dans un cabaret.

Enfans, cette fable est bien claire. Elle vous apprend que l'on prend les bonnes ou les mauvaises habitudes des personnes que l'on a fréquentées. Si vous

recherchez la société des
gens grossiers et malhon-
nêtes, on s'en apercevra
bientôt à vos discours et à
votre conduite; si, au contraire, vous vous trouvez
souvent parmi les honnêtes
gens, vous en prendrez la
politesse et les vertus; et
l'on vous regardera vous-
même comme un honnête
homme. Un jour un homme
ramassa un morceau de
terre, et fut bien étonné
de lui trouver une odeur
agréable. Et d'où te vient
ce parfum? lui demanda-

t-il. C'est que j'ai habité quelque temps avec la rose, répondit le morceau de terre.

FABLE V.

Le petit Ane méchant.

Un petit ânon sautait, jouait auprès de sa mère l'ânesse, lui donnait de petits coups de pied, et riait du mal qu'il croyait lui avoir fait. La bonne ânesse lui souffrait tout, et regardait ses petites méchancetés comme de jolies espiègleries. Elle eut grand tort, il fallait le punir.

2

Martin, encouragé, donne des coups de pied à d'autres que sa mère; il frappe un agneau, puis un mouton, puis un dindon. Tout cela allait bien ; les pauvres bêtes fuyaient, et Martin se croyait redoutable. Un gros dogue passait paisiblement ; Martin dresse les oreilles, caracolle, s'approche, et zeste! nouveau coup de pied de donné. Le dogue, qui ne s'attendait pas à une pareille insolence, se retourne, ouvre la gueule, et d'un seul coup de dent met en sang la fesse du sot animal. Celui-ci, trouvant enfin le prix de ses méchancetés, se mit à braire, comme un âne qu'il était. C'est bien fait, lui dit un homme qui se trouvait là, tu frappes ta mère qui s'abuse sur ton mauvais caractère, tu frappes de pauvres animaux qui ne sont pas assez forts ou qui sont trop bons pour se venger ; apprends que tu ne trouveras pas partout la même indulgence ou la même crainte, et que le mal que tu feras, te sera rendu.

J'en dis autant à ces mé-
chans enfans qui frappent
leur mère, leur bonne et
les domestiques qui ne veulent pas ou n'osent leur
rendre le mal qu'ils font.
Cette indulgence les encou-
rage à la méchanceté; mais
cette méchanceté les rendra
odieux à tout le monde,
et pour un coup qu'ils don-
neront, ils en recevront
dix.

FABLE VI.

Les Souhaits du cochon.

Jupiter venait de donner la vie aux animaux; il dit au lion : Que veux tu ? Maître de l'univers, répondit le lion, donnez-moi la force et le courage. Il fit la même question au cheval; et le cheval demanda l'agilité; le chien voulut être aimé de l'homme; le rossignol désira le chant; le renard souhaita l'adresse; le bœuf, la force et la paix ; l'âne, la modération ; mais le cochon, qui les écoutait stupidement, dit en grognant : Pourvu qu'on puisse manger et dormir, c'est assez.

Que résulta-t-il de tous ces vœux ? Le lion se rendit le roi des forêts; le chien fut l'ami de l'homme, et le cheval mit son orgueil à le servir; le rossignol charma les bocages; le renard fut compté parmi les bêtes d'esprit; le bœuf fertilisa la terre; l'âne même fut utile; mais le cochon, toujours le ventre plein, devint le plus sale et le plus ignoble de tous les animaux de la terre. Son nom même fut un opprobre.

Voilà où conduisent la gourmandise et la paresse.

FABLE VII.

———

Les Brebis qui se plaignent de leur Chien.

Voyez le méchant animal, disaient les brebis en parlant de leur chien! il est toujours à nos trousses, et ne nous laisse pas attraper seulement une goulée de ces belles prairies, de ces blés verdoyans! il faut se contenter de les regarder! oh! le vilain animal!

Le chien ne faisait que rire de ces plaintes, et n'en avait pas moins l'oreille au guet et l'œil partout. Un jour il lui arriva un malheur; en courant sur les bords d'une rivière pour en faire retirer des brebis imprudentes, il s'élança trop rapidement, tomba dans l'eau, s'embarrassa dans de longues herbes, et se noya. Ce fut alors grande joie parmi le peuple bêlant. Notre tyran n'est plus ! nous voilà libres !

On mangea l'herbe fleu-

rie des prés, on croqua
même les jeunes épis des
sillons; on ne respectait
plus rien.

Tout alla bien jusqu'au
soir; mais un loup du voisinage, instruit de la mort
du chien qu'il redoutait,
crut qu'il était temps de
faire la guerre au troupeau;
il vint avec les ténèbres de
la nuit, et massacra sans
peine tout ce qu'il rencontra; il emporta des provisions pour plus d'un mois.

Les brebis qui restaient
dirent en soupirant : Ah !

si le pauvre chien eût été vivant, le loup n'aurait pas osé nous attaquer ! nous dormions en paix sous sa garde.

Écoutez, enfans ; vous faites comme les brebis, vous vous plaignez de vos maîtres et de tous ceux qui ne vous laissent pas faire toutes vos fantaisies ; remerciez-les plutôt, car s'ils surveillent vos actions, ce n'est pas pour vous ôter quelques plaisirs, mais pour vous garantir des dangers, et vous empêcher de faire le mal.

FABLE VIII.

Les deux Chiens.

Un homme avait deux
jeunes chiens, et se mit en
tête de les instruire, c'est-
à-dire de leur apprendre à
marcher sur les pattes de
derrière, à danser, à monter
la garde, à rapporter le
gant de leur maître, et maint
autres métiers. Un des deux
chiens, attentif et docile,
apprit tout ce qu'on lui
enseigna ; aussi son maître

en fit-il son favori, lui donnait de son pain, les meil-
leurs os de son assiette, et
toujours quelques caresses
en même temps. Quant au
chien paresseux, il le re-
poussait, lui jetait au loin
et à regret quelques mor-
ceaux de pain dur pour
l'empêcher de mourir de
faim. Enfin, il le donna à
un mendiant qui portait
un bâton, et le lui faisait
sentir sans cesse.

Le paresseux n'a que la
misère et les reproches à
attendre.

FABLE IX.

—◆—

Le petit Lapin indocile.

Un jeune lapin, échappé du terrier contre l'ordre de sa mère, se jouait, au beau soleil du matin, sur l'herbe tendre et le serpolet odorant; il était tout entier au plaisir, tandis que sa mère, inquiète sur son sort, le cherchait de tous côtés. Hélas ! disait-elle, si le renard le rencontrait, il serait perdu : il ne saurait pas encore éviter et fuir ce méchant animal.

Le renard le rencontra en effet. Bien ! mon petit ami, lui cria-t-il dès qu'il l'aperçut, bien ! vous ne pouviez mieux faire, que de quitter le terrier pour jouir de cette belle matinée : sans vous, je courais grand risque de ne pas déjeûner aujourd'hui. Et cela dit, il sauta sur le petit lapin dont il ne fit que trois bou-chées.

Enfans, quand votre

mère vous défend une chose, c'est qu'elle sait que cela vous nuirait; elle connaît mieux que vous-mêmes ce qui vous convient, et vous aime trop pour vous ôter un plaisir qui ne vous ferait point de mal.

FABLE X.

___

Les Marrons et les Citrons.

Deux enfans, courant les champs, arrivent sous un vaste maronnier. En sautant sur l'herbe qu'il ombrage, ils aperçoivent des marrons encore dans leur enveloppe hérissée de piquans. L'un des enfans s'empresse de les ramasser; l'autre rit de la peine qu'il prenait. Tu fais là, dit-il,

une belle capture; autant
vaudrait ramasser des chardons. Je viendrai à bout,
reprit l'autre, de trouver
un fruit excellent au milieu
de ces épines; un peu de
peine et de patience me
suffiront. Je n'aime point
ce qui coûte tant de peine,
reprit l'autre : quand je
prends un fruit, je veux
mordre dedans tout de suite.
Tiens, regarde, ajouta-t-il
en montrant du doigt des
citrons, voilà ce qu'il me
faut : on cueille et l'on
mange. Il cueille en effet,

porte à sa bouche, mord;
et un goût d'amertume et
de vinaigre lui fait faire la
grimace et rejeter aussitôt
ce qu'il voulait manger. Son
compagnon, plus sage, sut
avec adresse ouvrir les enve-
loppes épineuses, et pour
prix de ses soins, il emporta
un panier de marrons.

C'est ainsi que l'étude
des sciences se présente hérissée d'épines et n'accorde
ses fruits délicieux qu'à ceux
qui ont du courage et de la
persévérance. L'ignorance
est plus facile et se présente

d'abord avec plus de charme, mais ce n'est qu'une
amorce trompeuse : elle
remplit la vie de regrets et
de honte.

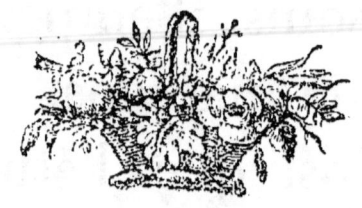

FABLE XI.

Le Maître et l'Écolier.

Un écolier passait son temps à faire des petites figures de cire. Le maître le rappelait sans cesse et toujours inutilement à ses devoirs. Enfin voyant qu'il y perdait sa peine, il changea de conduite, et se mit à se récrier sur la beauté de ces figures. Vraiment, disait-il à l'écolier, vous avez un ta-

lent que je n'avais pas remar-
qué d'abord. Je serais bien-
aise d'avoir de votre travail; mais comme j'aime les
choses solides, prenez ce
morceau de fer et faites-moi
une figure comme celles
que vous avez façonnées
avec tant d'art.

L'écolier se mit à rire.
Je ne sais pas amollir le fer
comme la cire, dit-il; il est
trop dur pour moi.

Et vous, mon petit ami,
vous êtes comme le fer, je
ne puis vous amollir non
plus. C'est en vain que je

veux vous faire travailler,
vous ne m'écoutez point;
aussi ne ferai-je rien de
vous. Sachez, mon enfant,
qu'un écolier qui veut devenir un homme habile,
doit devenir entre les mains
du maître ce que la cire
devient entre les vôtres; il
faut qu'il soit docile, qu'il
se plie à tout ce que l'on
exige de lui, et prenne
toutes les bonnes habitudes
qu'on veut lui donner.

FABLE XII.

—

L'Écho.

Un enfant, encore assez novice sur les choses de ce monde, chantait et chantait pitoyablement. S'arrêtant tout à coup, il entendit une voix qui répétait sa chanson et semblait prendre plaisir à la chanter aussi mal qu'il l'avait chantée. Cela le choque, il croit qu'on se moque de lui. Il adresse

alors des injures à l'inconnu, qui les lui rend fidè-
lement. L'enfant devient
furieux; il veut se battre,
il provoque son ennemi
qui est aussi furieux que lui,
et qui le provoque du
même ton.

Un sage qui passait sourit
à cette scène. Mon ami, dit-
il à l'enfant, vous avez tort
d'injurier cet inconnu, car
il vous injuriera aussi. Es-
sayez de lui adresser quelques mots honnêtes, cela
l'adoucira sans doute. L'enfant suivit ce conseil, il

3

parla honnêtement et on lui répondit de même.

Mon enfant, dit le sage, souvenez-vous bien de la leçon que vient de vous donner l'écho : chaque fois que vous blesserez quelqu'un par vos paroles, attendez-vous à être blessé à votre tour. Si vous cherchez querelle, vous trouverez des querelleurs; si, au contraire, vous parlez avec honnêteté, on sera honnête avec vous : votre politesse excitera la politesse d'autrui.

FABLE XIII.

Le Diamant.

QUAND le diamant sort de la terre, où on le cherche avec tant de soin, il est couvert d'une épaisse croûte grise, et ressemble à une pierre ordinaire. L'ignorant ne ferait pas attention à lui, et le foulerait aux pieds. Un lapidaire, qui savait son métier, trouva une de ces pierres. Ah ! grâce à Dieu, dit-il, voilà

de quoi faire le plus bel
ornement de la couronne
d'un roi. Parlez-vous de
cette pierre, dit quelqu'un?
je ne voudrais pas seule-
ment la ramasser. Laissez
faire, reprit le connaisseur,
avec du travail nous la ren-
drons telle qu'elle tiendra sa
place parmi ce que les hommes regardent comme les
choses les plus précieuses.

Il se mit aussitôt à la besogne, coupa cette dure
croûte, lima, frotta et fit
horriblement souffrir le
diamant. L'homme riait

de tant de peines qu'il croyait inutiles, et le diamant se plaignit. Pourquoi le tourmenter ainsi? pourquoi le faire souffrir? C'est pour te rendre plus beau, disait le lapidaire. Je me trouve bien comme je suis, reprenait le patient. Mais on ne l'écouta pas; et bientôt il comprit ce que l'on faisait pour lui; il commença à briller, et vit enfin tout le monde l'admirer. Un roi l'acheta, comme l'avait espéré le lapidaire, et en fit le plus beau joyau de sa couronne.

L'ignorant alors dit : Voyez ce que c'est que le travail ! d'un caillou on a fait un diamant.

Rectifiez vos paroles, mon ami, reprit le lapidaire; je n'ai pas fait un diamant d'un caillou, mais j'ai deviné que sous l'écorce de ce caillou il y avait un diamant; et le travail l'a fait paraître.

Jeunes enfans, quand on vous remet entre les mains de vos maîtres vous ne savez rien; si on vous laissait

la société que des hom-
mes ignorans et grossiers.
Cependant vous êtes sus-
ceptibles d'apprendre et
de devenir des hommes
instruits ; vos maîtres s'em-
parent de vous, vous con-
traignent même de recevoir
leurs leçons; vous vous en
plaignez d'abord, vous vous
trouvez bien comme vous
êtes; ce n'est que lorsque
vous êtes instruits que vous
connaissez le bien que l'on
vous a fait et les talens que
vous avez acquis.

FABLE XIV.

L'Ile peuplée d'Enfans.

Il était une fois un roi qui eut une assez singulière fantaisie : il fit rassembler un grand nombre d'enfans à peu près du même âge, les embarqua dans un vaisseau et les envoya dans une île déserte. Cette île, quoique inhabitée, offrait tout ce qui était nécessaire pour le soutien et l'agrément de

la vie : de beaux arbres
chargés de fruits, des racines excellentes, des ruis-
seaux limpides, des prairies
et des fleurs de toutes sortes.
La terre offrait tout, mais
il fallait travailler pour
recueillir.

Notre troupe d'enfans,
chez qui la prévoyance n'é-
tait pas la première vertu,
commença par courir, sau-
ter, se rouler sur l'herbe et
faire de gros bouquets de
fleurs. Quelques-uns, mais
en très-petit nombre, son-
gèrent à la faim qui allait

se faire sentir, et à la nuit qui ne manquerait pas d'arriver; ils cueillirent des fruits, en firent des provisions; ils ramassèrent des herbes sèches, coupèrent des branches d'arbres, suivant leurs forces, et firent de petites cabanes pour se mettre à l'abri des intempéries de l'air. Leurs camarades riaient de ces soins et de ces travaux; mais bientôt ils en sentirent l'utilité : la faim les engagea à chercher aussi des fruits; ils en trouvèrent, se rassasièrent, et se

mirent de nouveau à jouer.
Quand la nuit vint, ils
éprouvèrent une fraîcheur
désagréable; mais il fallut
coucher à la belle étoile.
Que dis-je à la belle étoile ?.
de sombres nuages couvri-
rent le ciel, et une tempête
épouvanta la terre; la pluie
tomba en torrens. Nos étour-
dis, trempés jusqu'à la peau
et transis de froid, se rappe-
lèrent avec chagrin qu'ils
avaient donné la journée
à leurs plaisirs; ils avaient
bien du regret de n'avoir
pas, comme les plus sages,

3..

fait de petites cabanes, où
ces derniers passèrent paisiblement toute la nuit. Ils
se promirent bien de réparer
leur faute le lendemain.

Le jour revint et avec lui
le beau temps; le soleil embellit de nouveau les plaines
et les bois. Quelques enfans
profitèrent de cet avan-
tage pour se construire des
demeures où ils pussent re-
poser et passer le temps de la
tempête. Les autres, voyant
le soleil et le calme de l'air,
oublièrent la nuit et l'orage,
et se remirent à jouer : il

faut profiter du bon temps, disaient-ils. Il y en eut qui, un peu plus sages, dirent : Oh ! tantôt nous nous mettrons à la besogne; il n'y a pas de mal à s'amuser un peu. Malheureusement le jeu excite l'amour du jeu; ils passèrent la journée sans rien faire, et dormirent comme ils purent pendant la nuit. Ils finirent cependant tous par se construire des huttes. Leurs travaux annonçaient ce qu'ils étaient : les plus actifs, les plus laborieux

avaient des cabanes com-
modes et même agréables;
les autres n'avaient rien fait
au-delà du plus strict nécessaire; les plus paresseux
se contentaient d'espèces de
tanières, d'arbres creux ou
d'antres sauvages.

Mais ce fut lorsqu'il n'y
eut plus de fruits aux arbres
que les paresseux et les in-
soucians se trouvèrent bien
malheureux : n'ayant fait
aucune provision, ils se
virent sur le point de mourir de faim. Les plus lâches
vinrent pleurer devant les

cabanes des enfans qui
avaient prévu l'avenir et
travaillé pour se mettre à
couvert de l'indigence; ils
les supplièrent de leur donner quelque chose à manger.
Les plus mauvais sujets ne
se contentèrent pas de men-
dier, ils tâchèrent de voler
les provisions de leurs camarades. Ceux qui avaient
encore du courage, et qui
se repentaient d'avoir perdu
le beau temps dans des plaisirs frivoles, se présentèrent
devant les enfans sages et
prévoyans, et leur dirent :

Voulez-vous nous nourrir,
nous travaillerons pour
vous; nous irons à la chasse
pour vous; nous arrache-
rons les racines qui vous
sont nécessaires, et nous
vous irons chercher du bois
pour brûler.

L'accord fut conclu, et
la petite société se trouva
composéé de gens qui s'é-
taient enrichis par leurs
travaux et leur bonne conduite, d'ouvriers qui leur
vendaient le travail de leurs
mains, de mendians que
l'on assistait pour ne pas

les laisser mourir de faim, et même de voleurs que l'on punissait très-sévèrement.

Ce petit tableau, qui donne une idée de la société humaine, suffit pour vous faire sentir que ceux qui aiment le travail et ont de l'ordre, se tirent toujours d'affaire, se mettent à couvert des besoins, et même souvent deviennent riches.

FABLE XV.

Les Poires sauvages.

Un enfant découvrit au milieu d'une forêt un poi-rier sauvage chargé de fruits. Il s'empressa de cueillir de ces poires et de les porter à ses lèvres. La dent n'eut pas plus tôt dé-chiré la pelure qu'il fit la grimace, et rejeta ce qu'il avait dans la bouche. Oh ! les mauvais fruits ! dit-il ;

pourquoi ces poires ne sont-
elles pas aussi bonnes que
celles de notre jardin? par
une raison bien simple,
répondit quelqu'un qui
l'entendait : ce poirier,
abandonné à lui-même, ne
donne que des fruits petits
et rèches; tandis que les
poiriers de votre jardin,
soignés et dirigés par un
habile jardinier, produisent
des fruits beaucoup plus
gros et pleins de sucre. Ce
sont les soins du jardinier
qui opèrent cette mer-
veille.

C'est ainsi qu'un habile
instituteur fait d'un enfant
indocile et ignorant un
homme sage et instruit.
Voyez dans le monde la
différence qui existe entre
ceux qui ont reçu une
bonne éducation et ceux
qui n'en ont reçu aucune;
et puis voyez à qui vous
voudriez ressembler.

Le petit Cochon.

Les jeunes rats et leur père.

Le jeune Chat et le Poisson.

FABLE XVI.

Le petit Cochon.

Un petit cochon, qui se vautrait avec délices au beau milieu d'un bourbier, aperçut dans une prairie voisine de jeunes agneaux qui bondissaient et se jouaient parmi les herbes et les fleurs,

Le berger, réjoui par leurs gentillesses, caressait leur blanche toison, et leur partageait le pain de sa panetière. Vraiment, dit le petit cochon, il faut que j'aille jouer avec ces agneaux; on me flattera aussi, et le berger me donnera de son pain.

Aussitôt dit, aussitôt fait. Il s'élance de son bourbier, grogne de joie, et le voilà au milieu des agneaux, sautant, grognant et croyant plaire. Le berger rit d'abord de son allure grotesque; mais bientôt il remarque que dans ses jeux il a déjà sali et couvert de boue

la robe blanche de ses nouveaux compagnons. Oh!
oh! dit-il, chassons vite
ce vilain animal qui ren-
drait mes agneaux aussi
sales que lui. Et quelques
coups de fouet apprirent au
petit cochon qu'il devait
retourner à son bourbier.

Vous entendez, enfans
sales et qui vous roulez
dans toutes les ordures :
on vous verra toujours
avec déplaisir parmi les
enfans soigneux et dont la
propreté est la plus agréable parure.

Vous entendez aussi, enfans bien plus dangereux, qui avez contracté de mauvaises habitudes, qui prononcez de vilaines paroles, qui êtes gourmands, querelleurs, menteurs, paresseux : on vous chassera partout dans la crainte que vos défauts ne deviennent de mauvais exemples et que vous ne les fassiez contracter à ceux qui les ignoraient.

FABLE XVII.

Le jeune Tigre.

Un homme rencontra un jeune tigre, le trouva joli et l'emporta dans sa maison. Il le nourrit avec autant de soin qu'il nourrissait son chien fidèle. O ciel! que faites-vous là? lui dit quelqu'un : vous élevez un tigre! vous en serez la victime. Je lui ferai tant de bien, reprit l'homme, qu'il m'aimera. Il eut beau lui faire du bien, le tigre ne

4

changea point son carac-
tère, et dès qu'il fut grand,
il dévora la main qui l'a-
vait nourri.

Faites du bien aux mé-
chans, ils ne vous en feront
pas moins du mal dès qu'ils
y trouveront quelque in-
térêt. Cependant, il ne faut
point avoir le cœur dur et
refuser d'aider même le
méchant; mais en l'aidant
il ne faut point se fier en
lui; il est bon de se mettre
en garde, comme aurait
dû faire l'homme qui nourrissait un tigre.

FABLE XVIII.

*Le Corbeau qui veut imiter la voix
de la Grenouille.*

On rapporte que le cor-
beau, dans les premiers
temps du monde, avait un
chant fort agréable. Un
jour qu'il entendait des
grenouilles qui coassaient
dans un marais, il lui prit
fantaisie de contrefaire leur
vilaine voix. Il y réussit;
mais depuis lors il n'eut

plus qu'un cri rauque et qui ressemble à celui qu'il avait voulu imiter.

C'est ce qui arrive ordinairement aux gens et surtout aux enfans qui se plaisent à contrefaire les personnes qui ont quelque défaut. Vous vous moquez de telle grimace, et vous contractez l'habitude d'en faire une semblable.

FABLE XIX.

Le Chat.

Un chat se frottait contre les jambes d'un enfant, faisait le gros dos, regardait avec tendresse et faisait entendre un murmure de plaisir. Oh ! qu'il m'aime bien ! s'écria plein de joie l'enfant qui déjeûnait. Bon petit Minet, ajouta-t-il, tu auras de mon pain et de mon lait sucré. C'était ce que Minet attendait. Quand le déjeûner fut fini, il cessa ses caresses et s'en alla.

Voilà l'ingrat qui vous flatte tant qu'il a besoin de vous, et qui vous laisse quand il n'a plus rien à en espérer.

FABLE XX.

Les jeunes Rats et leur vieux Père.

UN jeune rat entra à
l'étourdie dans une cham-
bre. Le maître du logis, qui
de son fauteuil l'aperçut,
se dit : Oui-dà, monsieur
le rat, vous viendrez ici,
comme en pays ennemi,
ronger mon pain et mon
fromage, et cela à ma bar-
be! je vous en ferai, par-
bleu, bien repentir, et vous

ne perdrez pas moins que
votre peau.

Le rat, qui ne le voyait
pas, n'en trottait pas moins
par la chambre, cherchant
quelques débris pour son
repas. L'homme curieux le
laissa faire. Le rat trouva
quelques miettes de pain et
fit un petit cri de joie; mais,
au lieu de manger, il se
mit à courir vers son trou
en faisant un autre cri.
L'homme resta toujours
tranquille spectateur.

Bientôt un autre jeune
rat parut, mais il n'était

pas seul : il conduisait par
l'oreille un autre rat bien
vieux et qui avait perdu la
vue. Ce dernier demeura
au bord du trou. Aussitôt
les deux jeunes rats, qui
étaient ses fils, allèrent
chercher des miettes de
pain et les apportèrent devant leur père, qui n'eut
que la peine de se baisser
et de prendre.

O nature, nature! s'écria
l'homme attendri, tu te fais
donc entendre au cœur de
tout ce qui respire!

Cette exclamation épou-

4.

vanta les rats; le vieux rentra aussitôt, mais les jeunes ne rentrèrent que lorsqu'ils le crurent en sûreté.

Ne craignez rien, mes amis, dit l'homme, ne craignez rien; votre action, faite pour instruire le genre humain, non – seulement vous sauvera la vie, mais elle vous rendra encore la paix et une existence assurée. Venez dans ces lieux comme chez un ami; chaque jour, à l'entrée de ce trou, où je vous ai admirés, vous trou-

verez un repas que vous
pourrez partager avec votre
vieux père.

Il leur tint parole; et
les rats, contens de ce
qu'on leur donnait, n'allèrent jamais ronger son lin-
ge ou ses meubles.

Le récit que je viens de
vous faire, mes enfans, n'est
pas une fable; c'est une histoire véritable. Une per-
sonne a vu ces deux jeunes
rats qui soignaient le vieux
rat aveugle. C'est une grande leçon pour nous : nous
devons nos soins à nos vieux

parens infirmes; ils se sont sacrifiés pour élever notre enfance, nous devons nous sacrifier pour soutenir leur vieillesse. Dieu a attaché une grande bénédiction à ce soin de la vieillesse de nos parens; il a dit : Honore ton père et ta mère pour jouir d'une longue vie; et il a attiré sur le fils qui remplit ses devoirs le respect et l'amour de ses semblables.

FABLE XXI.

—◦—

Les Naufragés.

Un navire, poussé par la tempête sur une côte pleine de rochers, était presque brisé et allait périr au premier moment; tout l'équipage, livré au désespoir, n'attendait plus que la mort; chacun poussait des cris vers le ciel et l'implorait comme sa dernière ressource; on eût pu cependant

chercher encore quelques
moyens de salut, mais tout
le monde avait perdu la
tête. Amis, dit le pilote, il
faut implorer le ciel, mais
il faut aussi se donner de la
peine; imitez-moi. En di-
sant ces mots, il s'élance
dans les ondes, nage avec
force et arrive sur le rivage,
d'où il voit ses malheureux
compagnons se perdre avec
le vaisseau dans les abîmes
de la mer.

Nous tenons tout du ciel,
c'est vers lui que doivent s'é-
lever tous nos vœux, c'est à

lui que nous devons de-
mander tout ce qui nous
est nécessaire; mais il ne
suffit pas de l'implorer, il
faut s'aider, il faut obtenir
par son travail et ses soins
ce que l'on demande : il y
a de la lâcheté à attendre
tout de la Providence. Dieu
veut que l'homme travaille;
il n'accorde une moisson
au cultivateur que quand
celui-ci a labouré la terre,
et le berger n'obtient la
laine de ses brebis qu'après
les avoir long-temps nour-
ries et soignées.

FABLE XXII.

L'Enfant piqué par une Abeille.

UNE abeille voltigeait de
fleur en fleur et semblait
se plonger dans les parfums
et le miel pour porter à sa
ruche quelques parcelles
des trésors du printemps.

Un enfant la vit. Oh! je
t'attraperai bien, s'écria-t-
il. Et pourquoi m'attraper?
reprit-elle : te dois-je quelque chose, et t'ai-je fait quel-

que mal ? Dieu m'a donné
la vie aussi bien qu'à toi;
et si tu me touches, je me
vengerai suivant mes forces.
Tu te vengeras? dit le méchant enfant; mais d'un
seul coup de doigt je t'écra-
serais. Eh quoi ! reprit l'a-
beille, est-ce parce que tu
es le plus fort que tu te
jouerais de ma vie?

Le mauvais garnement
se mit à rire, étendit la
main, et du pouce et du
premier doigt saisit l'aile
de la malheureuse mouche
à miel. Celle-ci se replie

aussitôt, lance son dard, et pique le pouce du méchant. Il ne faut pas demander s'il lâche l'insecte et s'il se mit à crier. A l'entendre, on eût cru que c'était lui qui avait droit de se plaindre; mais chacun lui tourna le dos en lui disant : Pleurez, méchant; celui qui veut faire le mal, et à qui le mal arrive, est justement puni.

FABLE XXIII.

Le jeune Chat et le Poisson.

Un jeune chat, en écou-
tant les conversations du
coin du feu, avait souvent
entendu répéter ce dicton :
*heureux comme le poisson
dans l'eau.* Un jour qu'il
faisait un voyage autour de
l'habitation, il arriva sur
les bords d'un vivier, et
s'arrêta pour admirer un
petit poisson qui se jouait

dans l'onde fraîche et trans-
parente : il allait, venait,
tournait d'un côté, puis de
l'autre, frétillait et faisait
étinceler les feux du soleil
sur ses écailles dorées.

Le chat enviait son bon-
heur et répétait en son langage : On a bien raison de
dire, heureux comme le
poisson dans l'eau. Mais qui
m'empêche d'être aussi heureux? L'eau ne coule pas
plus pour lui que pour
moi.

Et disant cela il se plon-
ge dans le vivier, croyant

nager avec le petit poisson ; mais il ne trouva que la mort où il allait chercher le plaisir.

Ceci veut dire que nous ne pouvons pas être heureux tous de la même manière, et que l'envie que nous portons au bonheur d'autrui nous rend précisément malheureux. Le pauvre qui veut imiter le riche tombe dans un abîme sans fond.

FABLE XXIV.

Le Fleuve et sa Source.

Un fleuve admirait son vaste lit et l'abondance de ses eaux. En faisant un grand détour, il aperçut sur le penchant d'une montagne un petit ruisseau; c'était sa source. Il en eut pitié, et lui dit : Je vous plains; un rayon de soleil suffirait pour vous tarir, tandis que moi je ressemble presque à la mer que je grossis de mes eaux. Trève de mépris, interrompit la source; souvénez-vous que c'est de moi que vous venez, et que sans moi vous ne seriez rien.

Ainsi les enfans ingrats et orgueilleux, que la fortune favorise, méprisent leurs parens qui sont dans la pauvreté.

FABLE XXV.

A demain.

Je labourerai demain mon champ, disait Jeannot; il ne faut pas perdre de temps, car la saison s'avance, et si je négligeais de cultiver mon champ je n'aurais point de blé, et, par conséquent, point de pain.

Le lendemain arriva. Jeannot était debout à l'aurore: il songeait déjà à voir sa charrue, lorsqu'un de ses amis vint l'inviter à un festin de famille; Jeannot hésita d'abord; mais en y réfléchissant, il se dit : un jour plus tôt ou plus tard, ce n'est rien pour mon affaire, et un jour de plaisir perdu, l'est pour toujours. Il alla au festin de son ami.

Le lendemain, il fut obligé de se livrer au repos, car il avait un peu trop bu, un peu trop mangé, et il avait mal à la tête et à l'estomac. Demain nous répa-

rerons cela, dit-il en lui-
même.

Demain vint; il plut;
Jeannot eut la douleur de
ne pouvoir sortir de la journée.

Le jour suivant, le soleil
était beau, et Jeannot se
sentait plein de courage :
malheureusement son che-
val était malade à son tour.
Jeannot maudit la pauvre
bête.

Le jour suivant était un
jour de fête: on ne pouvait
se livrer au travail.

Une nouvelle semaine

commence, et en une se-
maine tout entière on expé-
die bien de la besogne.

Il commença par aller à
une foire des environs; il
n'avait jamais manqué d'y
aller; c'était la plus belle
foire à dix lieues à la ronde.
Il alla ensuite à la noce
d'un de ses plus proches
parens; il alla même à un
enterrement. Enfin il s'ar-
rangea si bien que lorsqu'il
se mit à labourer son champ,
la saison de semer était pas-
sée; aussi n'eut-il rien à
récolter.

Quand vous avez quelque chose à faire, faites-le tout de suite ; car si vous êtes maître du présent, vous ne l'êtes pas de l'avenir. Celui qui remet toujours ses affaires à demain court grand risque de n'en terminer aucune.

Le Hérisson.

L'Abeille et le Papillon.

La Souris sans prévoyance.

~~~~~~

FABLE XXVI.

Le Hérisson.

Le hérisson un jour s'en-
nuya de sa solitude. Il vit
une bande de lapins qui cou-
raient, sautaient et brou-
taient gaîment sur la pe-
louse. Ce destin lui fit envie.
Il s'achemina vers la joyeu-
se société, salua chacun et
fit ses complimens de bon
voisinage. On l'accueillit
avec plaisir et on l'invita

aux jeux et au festin de la réunion.

Tout alla bien dans le commencement, mais dès que l'on s'approcha un peu trop près du nouveau venu, on sentit les épines de son vêtement; il ne lui était pas possible de prendre part aux plaisirs de ses amis sans les blesser. Chacun alors se retira discrètement, et laissa là ce camarade avec lequel il était si dangereux de se familiariser. Le dernier qui s'éloigna lui dit : Ami, quand tu voudras t'amuser avec nous et comme nous, laisse tes épines à ta maison.

Ce hérisson représente ces gens d'un mauvais caractère qui ne viennent dans une société que pour y mettre le désordre, qui contrarient les uns, cherchent dispute aux autres, et disent des mots désagréables à tout le monde.

FABLE XXVII.

La petite Fille qui veut coucher sur des fleurs.

A<small>H</small> ! que l'odeur de ces roses et de ces œillets est agréable ! qu'il serait charmant de coucher sur des feuilles de rose et sur des fleurs d'oranger !

Ainsi s'écriait une petite fille, vive, active, toujours en mouvement, et qui ne voyait jamais plus loin que

l'instant où elle se passion-
nait pour quelque chose.

Elle ramassa aussitôt
toutes les fleurs du parterre,
en remplit sa corbeille et
en joncha son lit et sa chambre. Elle se plaça ensuite
au milieu de ces parfums,
croyant avoir le plus grand
plaisir du monde. Elle fut
bien trompée; un mal vio-
lent s'empara de sa tête;
des étourdissemens lui firent croire qu'elle allait
tomber; et elle serait tom-
bée en effet, si quelqu'un
ne fût venu à son secours

5.

et n'eût jeté par les fenê-
tres toutes ces fleurs qui lui
auraient donné la mort.

Cette fable veut dire que
trop de plaisir à la fois ne
peut que nous faire mal.
Si vous mangez trop, vous
vous donnez des indiges-
tions et vous altérez votre
santé; l'ivrogne, dans ses
ignobles jouissances, perd
la raison et finit par s'a-
brutir; le moindre mal qui
puisse arriver à celui qui se
livre trop au plaisir, est de
s'accoutumer à la paresse,
et de déranger sa fortune.

Dieu nous a permis quelques plaisirs pour adoucir les peines de la vie; si nous abusons de ses bienfaits, ses bienfaits mêmes deviennent des maux pour nous : une rose réjouit notre odorat, un monceau de roses peut nous faire périr.

FABLE XXVIII.

L'Enfant bienfaisant.

Un jeune enfant, l'amour de tous ceux qui le connaissaient, voyait avec joie donner quelques secours aux indigens et aux infirmes qui ne pouvaient travailler; il sentait déjà dans son cœur combien il est doux d'assister ses semblables dans le malheur. Il désirait vivement de pouvoir donner aussi, et d'entendre ces mots de bénédiction : *Dieu vous le rende !*

Un jour que sa bonne conduite lui avait mérité de sa mère une petite récompense, il conçut le projet de donner cet argent au premier indigent qu'il rencontrerait. Il n'attendit pas long-temps, car la terre est couverte d'infortunés. Celui qui lui adressa son humble demande, était un homme encore dans la force de l'âge, mais couvert de haillons ; il avait éprouvé tant de malheurs ! il avait parcouru tant de contrées ! L'enfant, touché de compassion, s'empressa de lui remettre tout ce qu'il possédait, n'imaginant pas qu'il pût mieux placer son petit trésor.

Il se réjouissait encore de ce qu'il avait fait, lorsqu'il entendit la voix gémissante d'un pauvre aveugle. La lumière du jour m'est ravie, disait-il, je ne puis me livrer à aucun travail ; et si vous m'abandonnez, il faut que je meure !

L'enfant eut bien du chagrin de n'avoir plus rien à donner; cet aveugle était bien plus malheureux que celui à qui il avait donné tout son argent.

Un vieillard, qui avait vu la bonne action de l'enfant, et qui lisait sur sa figure la peine qu'il éprouvait, lui dit : Consolez-vous, mon enfant, Dieu qui voit le fond de nos cœurs, vous tiendra compte de votre bonne intention; mais vous le voyez, il ne suffit pas

de vouloir faire le bien, il
faut encore savoir le faire;
il faut choisir entre les malheureux, quand on ne peut
pas les secourir tous. Vous
avez donné tout ce que vous
aviez à un homme encore
jeune et fort, et vous ne
pouvez plus rien offrir à
un vieillard aveugle, qui
n'a absolument rien pour
subsister, que les bienfaits
du public. Mon enfant, une
autre fois, donnez un peu à
l'un, un peu à l'autre, mais
réservez la plus grosse part
pour le plus malheureux.

FABLE XXIX.

L'Abeille et le Papillon.

L'ABEILLE et le papillon voltigeaient tous deux sur les mille et mille fleurs d'une prairie, mais avec des soins bien différens : le papillon, léger et volage, ne songeait qu'à s'amuser, à caresser chaque fleur; l'abeille au contraire n'allait de fleurs en fleurs, que pour s'emparer du trésor qu'elles renfermaient et le porter à sa ruche. L'abeille ayant rempli son magasin, attendit l'hiver sans crainte; le papillon ne sentit pas plus tôt les premiers froids, qu'il s'arrêta et mourut.

Le bonheur et la tranquillité sont pour ceux qui travaillent et savent ménager les fruits de leurs travaux.

FÂBLE XXX.

Le jeune Ours.

Un ours avait un fils, et le trouvait si joli, qu'il ne cessait de le louer et de satisfaire tous ses caprices; c'était un bijou, un amour.

Cet amour, à dire la vérité, était comme tous les ours, fort lourd, fort épais et très-gauche. Il se persuada cependant, grâce à la

sottise de son père, qu'il
était le phénix de son espèce,
un ours rare et charmant.
Il devint dédaigneux, exigeant, voulait que l'on fît
toutes ses volontés, et n'é-
tait jamais content. Son
père, qui lui avait montré
une si grande tendresse, fut
le premier à qui il fit sentir
son orgueil et ses caprices.

Ce père, si commun dans
ses sentimens et ses ma-
nières, était-il digne d'avoir
un tel fils? Savait-il seulement quel trésor il possédait ? Cela était vraiment

malheureux pour ce fils.
Ainsi pensait le jeune ours;
et la haute opinion qu'il
s'était formée de lui-même
lui rendait désagréable tout
ce qui l'entourait. Il repous-
sait les caresses de son père,
répondait durement à sa
mère, et se faisait détester
de tout le monde.

C'est là le portrait des
enfans que leurs parens
trop bons et trop aveugles
ont flattés sans raison et sans
discernement dans leurs
inclinations naissantes.

FABLE XXXI.

Guillot le menteur.

Au loup! au loup! criait Guillot.

Ces cris mirent tout le village en alarme; chacun, armé jusqu'aux dents, s'empressa d'accourir au secours du berger et de son troupeau.

Guillot leur rit au nez. Je me moquais de vous, dit-il. Tout le monde se retira fort mécontent.

Au loup! au loup! cria encore Guillot quelque temps après. Mais cette fois-ci, c'était tout de bon; le loup était venu. Cela fut fâcheux pour le troupeau et le berger, car les voisins croyant que Guillot plaisantait encore, restèrent chez eux et le laissèrent s'arranger, comme il put, avec le loup qui ne manqua pas de profiter de l'occasion.

Il ne faut jamais mentir, même par plaisanterie, car on perd toute confiance en vous, et l'on ne veut plus vous croire quand vous dites la vérité.

FABLE XXXII.

Le Lion et les Abeilles.

Un lion vint se promener auprès d'une ruche.

Une abeille, qui se souciait fort peu de cette visite, osa dire au roi des animaux d'aller se promener plus loin, et porta même l'audace jusqu'à piquer l'oreille du monarque. Le lion, furieux, rugit et jure de se venger; mais l'abeille en

6

rit et fuit dans les airs.

Si je ne puis t'atteindre, dit le lion, je me vengerai au moins sur les tiens : ton peuple entier paiera pour toi ! Et de sa patte puissante et armée de griffes terribles, il renverse la ruche et ses trésors. Il ne jouit pas long-temps de son injuste vic-toire : du fond de la ruche s'élève, comme un nuage, une multitude d'abeilles qui bourdonnent, recon-naissent leur ennemi, s'a-battent et le couvrent tout entier. Le lion s'agite, bon-

dit, pousse d'horribles ru-
gissemens et fuit dans les
forêts, jusqu'au moment
où il tombe et meurt sous
les efforts de ses mille ennemis.

Sachez quelquefois souf-
frir une injure et même
une injustice; car la vengeance ne fait qu'exciter
contre nous un plus grand
nombre d'ennemis.

FABLE XXXIII.

—◆—

La Souris sans prévoyance.

UNE jeune souris vint
établir ses pénates, c'est-
à-dire se loger dans une
salle à manger, où jamais
le chat n'était appelé. Elle
reposait paisiblement tout
le jour dans un trou qui
semblait avoir été fait pour
elle, et la nuit elle venait
ramasser les miettes et les
débris du repas : c'était un

festin continuel; elle ne faisait que dormir et manger.

Une vieille souris, à qui elle faisait part de son bonheur, lui dit : Ma chère amie, il faudrait songer à l'avenir; à votre place je mettrais mon superflu en réserve; cela vous serait peut-être utile un jour : la fourmi, dit-on, en fait autant. Bah! répondit la jeune, ce serait peine perdue; le maître de la maison dîne tous les jours, et tous les jours je dîne après lui.

Vous avez tort de ne pas suivre mes conseils, répliqua la vieille en s'en allant; mais à votre volonté.

La vieille avait raison. Le maître alla à la campagne avec toute sa famille. La salle à manger fut déserte; plus de débris, plus de festin.

La souris ne put attendre le retour du patron; elle mourut de faim dans son trou.

L'avenir est incertain. Quelque bon visage que nous fasse la fortune, elle est capricieuse, et peut nous tourner le dos au moment où nous y pensons le moins. Mettons donc quelques é-pargnes en réserve, pour le jour du malheur.

FABLE XXXIV.

—

Le Moineau et ses Petits.

Un moineau avait placé son nid dans le trou d'un mur. Aucune bête malfaisante n'y pouvait parvenir.

Le moineau élevait tranquillement sa famille. Il aurait été bien heureux si ses petits eussent voulu l'écouter; mais à chaque instant ils venaient sur le bord du nid; le pauvre oiseau tremblait dans la crainte de les voir tomber.

Il leur disait de se tenir dans le fond du nid, mais ils ne le voulaient point.

Un jour qu'il était sorti, ils se firent un plaisir de lui désobéir. Ils s'avancèrent plus que les premières fois, et ils s'avancèrent tant, qu'ils tombèrent par terre. Ils n'avaient pas encore de plumes aux ailes, ils ne purent se sauver.

Alors ils se repentirent

6.

bien de leur imprudence; mais il n'était plus temps.

Un gros chat, qui passait par là, les vit; il n'avait pas dîné, et il les croqua sur-le-champ. C'est ainsi qu'ils furent punis de leur désobéissance.

Cela vous apprend, mes petits amis, combien il vous importe d'obéir à vos pères et mères.

FABLE XXXV.

Le Moucheron.

UN moucheron, en se jouant aux rayons du soleil, tomba dans l'embuscade d'une araignée; il eut beau s'agiter et bourdonner pour se dépêtrer, ses efforts ne servirent qu'à donner l'éveil au monstre, retiré dans un coin obscur. Déjà la hideuse bête courait sur ses fils et s'approchait du pauvre moucheron; c'était fait de lui, si un berger qui se reposait en ce lieu, et qui voyait l'embarras du misérable insecte, n'eût d'un seul souffle brisé le filet, mis en fuite l'araignée, et rendu la liberté au moucheron.

Vous allez voir que ce bienfait ne fut pas perdu.

Invité par le calme des champs et la pelouse semée de serpolet, le berger s'étend de son long, ferme l'œil, et se livre au doux sommeil. Déjà il jouissait des plus beaux rêves, lorsqu'il sentit sur son bras la vive piqûre d'un insecte; il regarde, et reconnaît le moucheron même qu'il a sauvé de la mort. Ah! misérable, s'écria-t-il avec indignation, est-ce ainsi que tu reconnais mon bienfait? Au moins tu ne jouiras pas de ton ingratitude.

En disant ces mots, il lance sa main dans l'air, saisit le moucheron, et l'écrase.

A peine a-t-il assouvi sa colère, qu'il entend

un long sifflement; il se
retourne, et voit avec
horreur un serpent qui se
glissait auprès de lui. La
frayeur lui laisse cependant
le temps de fuir; mais lorsqu'il se fut remis un peu, il
réfléchit au service que lui
avait rendu le malheureux
moucheron; sans lui, sans
son avertissement, le serpent aurait pu entourer son
cou et lui déchirer le sein.

Le berger connut sa fau-
te; il chercha la dépouille
du moucheron, la recueil-
lit avec douleur, la consi-

déra quelque temps, et la déposa dans le sein de la terre. C'était tout ce qu'il pouvait faire pour réparer son crime.

FABLE XXXVI.

La Tulipe et la Rose.

UNE tulipe s'élevait avec orgueil au milieu des fleurs d'un parterre. Voyez, disait-elle, comme je brille parmi vous ! Qui de vous a des couleurs aussi éclatantes ? qui pourrait se comparer à moi ? On parle de la rose ; on l'appelle la reine des fleurs ; vraiment, c'est se moquer ; ceux qui lui don-

La Tulipe et la Rose.

Le Boiteux, le Bossu et l'Aveugle.

Le Chien méchant.

nent ce beau nom, ne m'ont probablement jamais vue. Mais c'est aujourd'hui la fête du village, et nous verrons qui l'on choisira pour parer le sein des belles du canton.

Comme l'orgueilleuse achevait de se vanter, la petite Fanchette, la fille du jardinier, entra dans le parterre, regarda, et cueillit avec soin quelques violettes qui embaumaient l'air, et s'en alla.

Cette petite fille a certainement bien fait de pren-

dre quelques violettes, dit
la tulipe, c'est assez bon
pour elle. Je craignais que
sa vanité ne lui fît penser
à moi...... Ah! voilà le beau
Colin, le coq du village.
Vous allez voir que je serai
sa victime.

Colin cueillit deux magnifiques œillets et ne regarda même pas la tulipe.

Vint Jacquot, le petit
pâtre; il prit assez maladroitement une branche de
giroflée qu'il entremêla
avec du thym.

C'est bien digne d'un pareil lourdaud, dit la tulipe. Mais enfin, voici notre belle et aimable maîtresse. Elle a du goût, elle sait choisir, et c'est pour elle que l'on réserve les plus belles fleurs; mon destin est fixé.

La maîtresse avait en effet du goût; elle vit une rose qui venait d'éclore, la détacha, et la plaça sur son sein.

Cette fois, la tulipe resta muette de colère.

Quelqu'un, qui avait vu cette scène, lui dit : Vous avez, il est vrai, des couleurs très-brillantes; vous êtes belle, mais c'est tout; vous n'avez point de parfum.

Il ne suffit pas d'avoir une belle figure, ou de beaux habits; il faut encore des qualités, il faut avoir un bon cœur, il faut de l'esprit, il faut de l'instruction, c'est là ce qui vraiment embellit, c'est là ce qui nous fait aimer.

FABLE XXXVII.

L'Oiseau vert, jaune et rouge.

Il y avait une fois un petit garçon qui passait presque tous les jours à chercher des nids d'oiseaux, ou à tendre des lacets aux pères et aux mères qui portaient la becquée à leurs nouvelles couvées. Quand il avait attrapé quelques malheureux oiseaux, il s'amusait à les faire voler, après leur avoir attaché un long fil à la patte; il finissait toujours par les faire mourir.

Oh! que cela est méchant de faire ainsi mourir ces pauvres oiseaux qui ne font de mal à personne! disaient les autres enfans. Bah! répondait le petit garçon, je m'en moque bien! cela m'amuse.

Un jour il prit un joli oiseau qui était vert, jaune et rouge. Je vous demande un peu comme il était content! Hélas! dit l'oiseau vert, jaune et rouge, vous m'allez donc faire mourir aussi ?

Tiens ! s'écria le petit garçon, mon oiseau parle !. Voulez-vous me donner la liberté? reprit l'oiseau. Oh ! que non pas, répliqua le petit garçon ; tu parles trop bien, et tu as un trop joli plumage, pour que je te laisse aller ainsi; d'ailleurs je t'ai pris, et tu m'appartiens.

L'oiseau garda le silence, bien convaincu qu'il n'obtiendrait rien du méchant enfant.

Le soir de ce même jour,

le petit garçon jouait dans un bois voisin; tout à coup voilà un grand géant qui parut à travers les arbres. Le petit garçon fit un cri de toute sa force, et voulut s'enfuir; mais le géant fit un seul pas de plus et présenta une barrière insurmontable avec son soulier: car, voyez-vous, le petit bonhomme n'était pas plus haut que la cheville du pied du géant. Celui-ci se baissa, prit l'enfant entre son pouce et son premier doigt, et l'éleva à la hauteur de ses yeux. Le malheureux criait à perdre haleine. Tiens! dit le géant, d'une voix de tonnerre, ma petite bête crie!

Hélas ! reprit l'enfant, monsieur le géant, je ne suis pas une petite bête, mais un infortuné petit garçon qui vous supplie de lui donner la vie.

Comment! dit le géant, en faisant un saut de joie par - dessus les plus grands arbres du bois, ma petite bête parle!

Oh! je vous en prie,

dit à mains jointes le petit garçon, rendez-moi la liberté!

Non pas, non pas, répondit le géant, tu parles trop bien, et tu es trop gentil, pour que je me prive ainsi du plaisir de t'avoir.

Ce compliment n'était pas de nature à réjouir le petit garçon.

Te souviens-tu, continua le géant, que tu en as dit ce matin autant à l'oiseau vert, jaune et rouge? D'ailleurs, je t'ai pris, tu m'appartiens.

Oh ! je n'étais qu'un méchant, qui abusais de ma force.

Je le sais bien, reprit le géant, et je pourrais bien abuser de la mienne aussi, si l'envie m'en prenait ; je pourrais même te faire mourir. Je serai plus juste ; je veux seulement t'apprendre qu'on est bien méchant quand on fait le mal parce qu'on peut le faire. Va mettre en liberté l'oiseau vert, jaune et rouge, et ne t'avise plus d'en faire périr tant d'autres, comme tu as fait jusqu'à présent.

Vous pensez bien que le petit garçon ne se le fit pas dire deux fois. Il alla donner la volée à son joli oiseau, et se souvint toute sa vie que, pour ne pas mériter le mal qu'on nous fait, il n'en faut point faire soi-même.

FABLE XXXVIII.

Le Boiteux, le Bossu et l'Aveugle.

Tout le monde se plaint, et souvent injustement. Écoutez cette petite histoire que quelqu'un inventa fort ingénieusement pour nous faire sentir notre injustice.

Un boiteux regardait ses jambes et disait : Ne dois-je pas être bien satisfait de ma tournure ? Je puis à peine

me traîner dans les che-
mins, et de quelle manière
encore ! Il semble toujours
que je vais tomber. Ma foi,
pour faire une pareille figure dans ce monde, ce
n'était guère la peine d'y
venir.

Vraiment, je te conseille
de te plaindre, dit un bossu qui passait. Et moi, comment suis-je tourné? Ne
voilà-t-il pas un beau garçon! une bosse derrière,
une bosse devant, la taille
d'un avorton; on dirait que
je ne suis né que pour faire

rire à mes dépens. Ah! si tu
te plains, que dois-je donc
faire, moi?

Un aveugle appuyé sur
son bâton les écoutait at-
tentivement. Il soupira.
Ah! mes amis, leur dit-il,
plût à Dieu que je fusse bossu, que je fusse même cul-
de-jatte, et que j'eusse seulement un œil pour admi-
rer le ciel et la terre!
Remerciez la Providence
de ce qu'elle n'a pas permis
que vous fussiez réduits à
un état aussi misérable que
moi.

Pour se trouver moins malheureux, il faut toujours se comparer à ceux qui souffrent plus que nous.

FABLE XXXIX.

L'Aigle et le Paon.

LE paon prenait plaisir à faire remarquer toutes les richesses de son plumage à l'aigle qui s'était arrêté un instant auprès de lui. Quel dommage, ajoutait-il, que l'aigle n'ait point une robe aussi brillante !

L'aigle, qui voyait la vanité du paon, se contenta de lui répondre :

Le ciel a fait assez pour moi : vois ces serres; l'homme même les redoute et ne m'attaque que de loin : vois ces ailes; elles vont me porter jusqu'au-dessus des mers, à un si haut point d'élévation que ton œil ne pourra plus me voir de la terre où tu resteras. Voilà mes avantages; dispense-toi donc de me plaindre.

Ainsi souvent un sot riche et couvert d'or plaint l'homme qui n'a que sa force et son génie; il le plaint

par vanité et seulement
pour lui faire sentir qu'il
n'est pas riche comme lui.
L'homme d'esprit, malgré
sa pauvreté, ne voudrait
pas, si cela se pouvait, chan-
ger cet avantage qu'il tient
de Dieu contre une fortune
qui le rendrait imbécile :
car l'esprit et la science
valent mieux que la fortune
pour le bonheur de l'hom-
me.

FABLE XL.

———

Le Loup et le Chat.

Un loup ayant un jour
saisi un chat sauvage qui
sortait du creux d'un arbre,
se disposait à en faire son
repas, lorsque le chat éle-
vant humblement ses deux
pattes devant la gueule du
loup, le supplia de l'épar-
gner, et mit en œuvre tout ce
qu'il avait d'éloquence pour
attendrir l'ennemi qui allait

le dévorer; il lui parla surtout de sa jeune famille, et
dit qu'il avait besoin de
vivre encore quelque temps
pour l'élever et la mettre à
même de se passer de lui.
Ce tableau fut touchant,
le loup en eut presque la
larme à l'œil. Eh bien, va,
lui dit-il, et sauve-toi vite,
car je craindrais de n'être
pas aussi généreux dans un
quart d'heure. Le chat ne
se le fit pas dire deux fois,
et grimpa sur son arbre.

A quelques jours de là,
le chat vit un rat au pied

de son arbre, et tomba
dessus à l'improviste. Le
pauvre rat fit un cri de
douleur. Ah! seigneur chat,
dit-il, laissez-moi la vie, je
suis si jeune et j'ai tant de
plaisir à vivre ! D'ailleurs,
si vous me mangez, ma
pauvre mère en mourra de
douleur. J'en suis bien fâ-
ché, répondit le chat, mais
si j'étais obligé de m'api-
toyer sur le sort de tout
le gibier que je prends, je
finirais par mourir de faim.
J'ai bon appétit en ce moment, et tu viens mal à

propos pour implorer ma pitié.

Le loup, qui était caché dans un buisson voisin, entendit ce colloque, et se dit : Puisque maître chat ne consulte que son appétit, j'ai faim aussi, et maître chat fera le meilleur plat de mon dîner.

Sans perdre de temps, il s'élance, et le chat se trouve dans sa gueule au moment même où le rat allait entrer dans celle du chat. Celui-ci, frappé comme d'un coup de foudre, tourne la tête et veut encore implorer le terrible loup; il lui rappelle les sentimens de pitié qu'il lui avait montrés quelques jours auparavant. Vraiment oui, répondit le loup, ce jour-là j'étais sensible; mais je viens de t'entendre et je fais comme toi; j'ai faim et je te mange. Cela t'apprendra que quand l'on veut obtenir de la pitié pour soi, il faut avoir pitié des autres.

FABLE XLI.

———

Le Chien méchant.

Un chien se plaignait de son sort; nul être au monde n'était plus malheureux que lui; chacun le fuyait ou le menaçait du bâton; les enfans lui jetaient des pierres, et les chiens même, ses confrères, montraient les dents quand ils le rencontraient. Et cependant quel gardien valait mieux

que lui? qui faisait plus
exactement son devoir? Ai-
je jamais laissé pénétrer un
voleur pendant la nuit? ne
suis-je pas au guet au premier pas que j'entends?
tout tremble à ma terrible
voix. Mon maître et sa famille peuvent dormir en
toute sécurité.

Cela est vrai, lui dit quelqu'un qui l'entendait; mais
il ne suffit pas de faire son
devoir, il faut encore avoir
un bon caractère; tu gro-
gnes après tout le monde,
et tu t'étonnes que tout le

monde t'évite ou te menace. Cela est naturel : sois bon pour les autres et les autres seront bons pour toi ; caresse et l'on te caressera.

FABLE XLII.

Le Dogue et l'Épagneul.

Un de ces petits chiens importuns qui jappent à tout propos et se font un devoir d'étourdir les gens qui viennent visiter leurs maîtres, un de ces roquets que l'on nomme épagneuls, avait coutume, chaque fois que l'occasion s'en présentait, d'attaquer un dogue du voisinage; il eût attaqué un éléphant. Il sautait après lui, le harcelait, aboyait et même lui mordait les jarrets. Le dogue, calme et presque insouciant, tournait sa grosse tête d'un autre côté, et semblait ne pas s'apercevoir de ce qui se passait derrière lui.

Quelqu'un lui dit : Tu es bien bon de ne pas punir ce méchant roquet ; un seul coup de dent ferait son affaire, et nous en serions débarrassés pour toujours.

C'est précisément, répondit le dogue, parce que je

n'ai besoin que d'un coup de dent pour l'assommer, que je me garde de le toucher. Il y aurait une trop grande lâcheté à me prévaloir de ma force contre un aussi faible ennemi. Que puis-je en craindre ? Il m'importune, mais voilà tout.

Celui qui est fort doit être généreux.

FABLE XLIII.

Les Oreilles d'âne.

Un jour Jupiter, le souverain des dieux, rassembla devant lui les animaux de la terre; il leur déclara qu'il voulait que chacun d'eux eût un talent particulier, et leur commanda de s'exercer à acquérir ce talent.

Chacun chercha en soi à quoi il était propre; le

chien intelligent s'attacha à l'homme, et parvint à le comprendre ; le cheval marcha avec fierté, s'anima au son de la trompette, et joua un beau rôle au milieu des batailles ; le paon fit admirer et sut déployer avec avantage la richesse de son plumage ; le rossignol, devenu habile musicien, enchanta les bosquets ; chacun enfin voulut se faire remarquer ; l'âne seul, qui n'avait aucun sentiment d'amour-propre, ne se donna point de peine, et dit qu'il lui suffisait de savoir brouter ses chardons. Jupiter, indigné de son obstination et de son peu de honte, lui dit! Eh bien! sot animal, tu ne seras jamais qu'un âne, et ton nom deviendra une injure.

En même temps il lui planta sur la tête une longue paire d'oreilles. Tiens, ajouta-t-il, puisque tu veux être ignorant, porte le signe de l'ignorance.

C'est depuis ce temps-là que l'on a dit d'un homme obstiné : il a une tête d'âne;

8

et d'un ignorant : il a des oreilles d'âne; et c'est aussi depuis ce temps-là que l'on place, par punition, ces longues oreilles sur la tête des enfans qui ne veulent rien apprendre.

FABLE XLIV.

Le Chien flatteur.

Un chien aperçut un homme qui mangeait, et s'empressa de l'aborder, de le lécher et de lui témoigner toutes sortes d'amitiés. L'homme prit plaisir aux caresses du nouveau venu. Voilà, dit-il, un chien bien caressant et à qui je parais beaucoup plaire. Il mérite bien de partager mon déjeûner. Tiens, mon ami, mange de mon pain; j'ai du plaisir à t'en donner. C'était là précisément ce que le chien attendait; il mangea, fut très-aimable tant que le repas dura; et quand il ne vit plus rien dans les mains de l'homme, il s'en alla. L'homme eut beau le rappeler, il n'eut pas même l'air de l'entendre.

C'est bien là le caractère d'un flatteur qui ne dit et ne fait des choses agréables que pour obtenir ce qu'il désire,

J'ai vu des enfans qui avaient ce vilain caractère; ils caressaient, ils promettaient, ils souriaient, s'empressaient de rendre quelque service, et n'avaient pas plutôt reçu l'objet de leurs désirs qu'ils redevenaient maussades, désobéissans et insupportables.

~~~~~~

FABLE XLV.

——

L'Enfant qui bat un Tigre.

L'homme en colère res-
semble à l'insensé; il ne sait
plus ni ce qu'il dit ni ce
qu'il fait; il se heurte contre les murs, et va frapper
de son poing les rochers
qui se rencontrent sur son
passage.

Un enfant à qui ses pa-
rens avaient la faiblesse de
tout céder, était devenu si

L'Enfant qui bat un Tigre.

Les trois Coqs voyageurs.

Les Rats prisonniers.

exigeant que le moindre refus le faisait entrer en fureur; dès qu'il avait parlé il fallait lui obéir, et jamais il ne demandait rien qu'avec hauteur et du ton le plus impérieux; aussi était-il détesté de tout le monde, excepté de sa mère, qui était assez aveugle pour ne point s'apercevoir des défauts horribles qu'elle lui avait donnés.

Un jour que ce petit tyran avait été contrarié dans quelqu'un de ses désirs, il sortit tout furieux de la

maison, suivant sa cou-
tume, et se mit à courir
dans la plaine. Un chien
qui le connaissait vint au
devant de lui pour le ca-
resser; dans sa rage, le petit
méchant le frappe du bâton
qu'il tient à la main. Un
peu plus loin, il voit quelques-uns de ses camarades,
les frappe de même, et fait
fuir tout le monde, com-
me s'il était une bête dangereuse. Enfin il aperçoit
un tigre qui dort au coin
d'un bois; il court sur lui,
sans s'inquiéter du danger

qui le menace, et déjà lève le bâton... Mais le tigre, qui s'était éveillé, saute sur lui, et l'étrangle en une minute.

Prenez garde à la colère, mes enfans; c'est une passion terrible, qui peut attirer sur nous les plus grands malheurs, et qui même peut nous pousser aux crimes les plus révoltans. Alexandre le Grand, roi de Macédoine, tua, dans un moment de fureur, Clitus, son meilleur ami.

FABLE XLVI.

—

Les trois Coqs voyageurs.

Trois coqs s'étant mis
en tête de voyager, ils arri-
vèrent auprès d'une forêt
qu'on leur dit être fort
dangereuse ; ils comprirent
sans peine que des gens de
leur espèce ne passeraient
pas sans risque par cette forêt ; il leur fallait un guide,
et un guide qui fût de taille
à les défendre au besoin. Ils

firent donc publier dans le canton que si quelqu'un voulait les escorter ils lui donneraient un prix raisonnable.

Le premier qui se présenta fut un renard, qui s'empressa de louer son adresse, ses talens, et surtout son exacte probité : on ne pouvait trouver un guide plus sûr et plus honnête.

Je ne sais, dit l'un des coqs à ses camarades, mais ce drôle-là m'a bien l'air d'un fripon; toute son allure est pleine de ruse, et

ses yeux cherchent à devi-
ner les secrets les plus ca-
chés de votre âme; tout en
vantant ses vertus, il ins-
pire une défiance dont je ne
suis pas maître. Gardons-
nous de ces finots-là, et n'é-
coutons que les bonnes
gens; pour moi, je ne veux
point traverser la forêt
avec lui.

Bah! vous vous créez
des chimères, reprit un autre coq; ce renard me pa-
raît le meilleur compagnon
du monde; il est aimable,
spirituel, me semble adroit,

et je suis persuadé qu'on ne peut que voyager agréablement en sa compagnie : je me mets sous sa sauvegarde.

Écoutez, mes amis, dit le troisième coq, qui était fort prudent, se prévenir pour ou contre quelqu'un que l'on ne connaît pas, c'est agir avec une légèreté impardonnable : je suis de votre sentiment à tous deux; ce renard me paraît également aimable et fripon; mais nous pouvons fort bien nous tromper. Allons aux renseignemens

dans le canton, informons-
nous de ce qu'est ce person-
nage. Et aussitôt il fut
dire au renard que si les informations répondaient à
la bonne opinion qu'on
avait de lui, on le choisi-
rait pour servir de guide.

Comment ! des infor-
mations, reprit le renard,
qui n'était pas fort curieux
qu'on examinât de trop
près sa conduite. Messieurs,
je jouis d'une réputation
excellente, et vous êtes les
premiers qui en doutiez;
c'est en quelque sorte m'of-

fenser; d'ailleurs je ne puis pas rester sans rien faire tandis que vous ferez vos inutiles informations; je me mets en route ce soir même. Voyez, messieurs, si vous êtes décidés à me suivre, ou sinon j'ai l'honneur de vous tirer ma révérence.

Il parle comme quelqu'un qui ne craint rien, dit le plus imprudent des trois coqs; me voilà prêt à le suivre. Mon ami, vous avez tort, lui répliquèrent les deux autres. Cela se

peut; mais je ne puis attendre. Adieu.

Le renard, bien joyeux,
se hâta d'emmener sa dupe,
afin de ne pas lui laisser,
comme on dit, le moment
de la réflexion.

Un autre guide se pré-
senta pour les deux voya-
geurs qui étaient restés; c'é-
tait une très-bonne bête,
un pacifique mouton, qui
n'avait jamais dit à per-
sonne plus haut que son
nom. A peine eut-on de-
mandé ce qu'il était, qu'il
s'éleva un concert de louan-

ges en sa faveur. Robin-Mouton, disaient tous ceux à qui on en parlait, c'est bien la plus honnête personne du pays. Oh! soyez bien sûrs que Robin-Mouton ne vous fera ni tort ni mal.

Voilà mon affaire, s'écria le coq qui avait le premier élevé quelques soupçons contre le renard; j'aime les bonnes gens, moi.

Et moi aussi, reprit le coq prudent en secouant la tête; mais il ne suffit pas d'avoir un ami qui soit bonhomme, il faut qu'il puisse nous être utile au besoin. Que deviendrez-vous avec Robin, l'honnête personne, si quelque brigand vous attaque dans la forêt ? J'attendrai un autre guide que Robin-Mouton.

Comme il vous plaira, répliqua l'autre coq; et il partit avec Robin.

Le coq prudent atten-dit et n'eut pas tort. Un dogue, aussi honnête chien que Robin était honnête mouton, mais qui savait

montrer les dents aux en-
nemis, vint lui offrir ses
services, et exhiba d'excel-
lens certificats qu'il fit ap-
puyer de vive voix par tous
les gens de sa connaissance;
on ne pouvait pas jouir
d'une meilleure réputa-
tion, et montrer une con-
tenance plus ferme.

Allons, partons, dit
le coq; je marche avec confiance maintenant.

Sa prudence lui sauva la
vie. Dès l'entrée du bois il
trouva les plumes de son
premier camarade, que le

renard avait étranglé lui-même.

Un peu plus loin il vit la peau du pauvre Robin, et les pattes de son second camarade, qu'un loup avait surpris au passage. Leur affaire avait été faite en moins de rien, et le pauvre Robin n'avait pu que se plaindre un peu avant qu'on l'écorchât.

Le troisième coq traversa fort paisiblement la forêt; son guide ne lui fit aucun mal, et nul ennemi n'osa les attaquer.

Écoutez, jeunes gens; ceci est pour vous. A l'entrée de la vie, vous avez besoin de vous choisir des protecteurs; mais prenez bien garde à ce choix. Vous trouverez facilement des renards qui vous promettront merveilles, et qui ne songeront qu'à leur propre intérêt; vous verrez des moutons qui ne seront utiles ni à vous ni à eux-mêmes. Arrêtez-vous à l'homme de bien qui a le pouvoir, ou au moins l'ardeur; l'ami perfide est dangereux, l'ami tiède, inutile; l'ami qui a du zèle est seul digne de notre confiance.

FABLE XLVII,

Les Rats prisonniers.

Un peuple de rats dévastaient les granges d'un cultivateur ; ils dévoraient tous ses grains, et l'auraient réduit à n'avoir plus de quoi manger lui-même, s'il ne se fût décidé à faire la guerre à cette nation destructive. Il tendit des piéges, et bientôt tous les rats furent pris. Par un

raffinement de vengeance,
il renferma ses prisonniers
dans un vase de terre, afin
de les laisser périr dans
les angoisses d'une longue
faim.

Les rats, condamnés à
la mort, s'agitaient en vain
dans leur dure et ronde
prison, tout espoir de liberté leur paraissait perdu.
Il y en eut un qui remar-
qua un petit trou; il y
appliqua l'œil et vit à quelques pas de là un âne qui
prenait ses ébats sur la ver-
te prairie. Le rat l'appela

de toutes ses forces et le
supplia de les délivrer de
leur captivité. Vous le pouvez sans peine, seigneur,
lui dit-il; d'un seul coup
de votre pied vigoureux
vous ferez voler en éclats
notre prison.

L'âne avait dressé l'oreille à cette supplique. Il vint
flairer le pot. Certes, dit-il,
mon pied réduirait facile-
ment en poudre cette mar-
mite; mais les tessons
pourraient me blesser. D'ailleurs, si je vous donnais la
liberté, vous viendriez

manger mon avoine cet hiver. Là-dessus, il fit une gambade et courut auprès d'un âne de ses amis qui passait par là. Les prisonniers retombèrent dans leur désespoir.

Un éléphant survint, même prière lui fut adressée, et pour mieux se le rendre favorable, l'orateur ajouta : Ce grand bienfait ne sera point perdu, et peut-être serons-nous assez heureux pour être utiles un jour à votre altesse.

Je ne sais trop, répliqua

l'éléphant, en quoi vous pourriez m'être utiles ; mais je puis vous rendre service, et cela me suffit : allons, soyez libres. Et il cassa le vase. Rats aussitôt de courir chacun de son côté et de disparaître dans tous les trous du voisinage.

A quelque temps de là, un bruit, qui faisait retentir les bois et les montagnes, attira les rats hors de leurs trous; ils croyaient que c'était une tempête. Ce n'était que la voix de l'âne; eh! qu'a donc, maître Martin,

pour braire d'une telle fa-
çon ? demanda un des rats.
Ce que j'ai! répliqua pi-
teusement l'âne. Eh! ne
le voyez-vous pas? Mon
maître m'a attaché à cet
arbre, et voilà un loup
terrible qui accourt de ce
côté. Si j'étais libre, j'aurais
le temps de regagner mon
étable. Mes chers amis, vous
qui rongez si bien le lard
et l'armoire où il est enfer-
mé, rongez ma corde pour
que j'échappe au monstre
qui va me dévorer. Bon!
reprit le rat, et quand tu

pouvais nous rendre la vie avec si peu de peine, as-tu eu pitié de nous? Apprends, l'ami, que quand on ne veut point obliger les autres, il ne faut leur demander aucun service.

Le rat eut tort de ne point venir au secours de l'âne, mais l'âne fut justement puni.

L'éléphant, qui croyait n'avoir jamais besoin d'un rat, se trouva pris dans un piége que l'homme lui avait tendu : c'était une grosse et forte corde qui lui retenait

les deux pieds de derrière.
Il se mit à gémir. Un des
rats, qui était en campa-
gne, l'entendit et s'empressa de trotter vers lui. Seigneur, lui cria-t-il, ne vous
désespérez point : ce mal
n'est point sans remède; vous
nous avez sauvés, et nous
vous sauverons. Patientez
un moment.

Il courut aussitôt ras-
sembler ses camarades; et
tous, armés de bonnes dents,
vinrent travailler à la déli-
vrance de leur bienfaiteur.
Ils se mirent à ronger, et

rongèrent si bien que la corde rompit, et que l'éléphant put encore voir ses déserts et sa famille.

Vous voyez par cette fable, mes enfans, que celui qui ne fait aucun bien ne mérite pas qu'on lui en fasse; et quelquefois celui que nous dédaignons à cause de sa petitesse peut nous rendre le plus grand service : le roi le plus puissant peut avoir besoin du bûcheron le plus pauvre.

FABLE XLVIII.

La Girafe.

Quand la girafe vint
en France, elle produisit un
effet extraordinaire parmi
les animaux de cette con-
trée. Le bœuf, le cheval, le
chien, l'ours, le coq, l'oie,
le canard lui-même, qui,
du reste, est assez bonne personne, ne pouvaient s'em-
pêcher de rire du long cou
de cette pauvre étrangère.

A quoi lui servait ce long cou? Passe pour le héron; son long cou lui était utile; il lui permettait d'aller chercher au fond des eaux les petits poissons qui lui servent de nourriture.

La girafe, qui est d'une humeur fort discrète, ne se fàcha point de l'impertinence de ses nouveaux compagnons; elle attendit qu'ils se fussent bien amusés de sa tournure; et quand ils n'eurent plus rien à dire, elle leur dit à son tour:

Mes bons amis, il est vrai

que mon cou est bien long, que ma manière de marcher est un peu embarrassée, et même ridicule; mais que voulez - vous? c'est comme cela que je suis faite, et quand vous m'aurez vue quelque temps, vous y se-rez accoutumés et vous n'y penserez plus. Cependant ne croyez pas que mon long cou me soit inutile : j'habite les déserts où vivent le lion terrible et l'impitoyable ti-gre; ami cheval, je n'ai point ta vitesse pour les fuir; je pourrais les combattre avec les cornes du bœuf; et si j'avais les larges pattes ou les ailes du canard, il me serait facile de me réfugier dans les eaux ou dans les airs; Dieu ne m'a donné que mon long cou, je vois de loin l'ennemi, et j'ai le temps de me mettre en sûreté.

La girafe répondait sagement : Dieu, dans son immense générosité, a fait quelque présent utile à chacune des créatures sorties de ses mains.

FABLE XLIX.

La Colombe qui se plaint de son sort.

L<small>A</small> colombe, vivement poursuivie par l'épervier, s'était réfugiée sous le vaste abri d'un orme, et se mit à réfléchir sur son destin. Il lui parut vraiment insupportable : elle était entourée d'ennemis et ne pouvait se défendre contre aucun. L'aigle, le vautour, le mi-

lan, tous les tyrans des airs
lui faisaient une guerre éter-
nelle; l'émouchet lui-mê-
me, qui était à peine aussi
gros qu'elle, l'attaquait et
s'en rendait facilement vainqueur. Elle n'avait aucune
arme et devenait la proie
de qui voulait l'attaquer.
Elle avait cherché un asile
dans la demeure de l'hom-
me; l'homme l'avait ac-
cueillie, l'avait nourrie,
mais ce n'était ni par amour
ni par compassion, c'était
pour dévorer sa famille. Par
quelle fatale erreur, Jupi-

ter, le souverain de l'olympe, avait-il négligé de lui donner quelque moyen de défense ; elle avait sans doute bien droit de s'en plaindre; elle devait même oser porter ses plaintes devant le maître de l'univers.

Elle s'élança donc d'une aile rapide vers l'olympe. Jupiter l'écouta; il convint même que son sort était bien déplorable. Allons, ajouta-t-il, réparons notre faute : pour te défendre, veux-tu le bec terrible de l'aigle? Oh! bon Jupiter, répondit la colombe, réfléchissez donc combien cela me défigurerait ; j'épouvanterais tous les oiseaux du bocage. — Eh! bien, ne reçois que ses fortes serres. — Sans le vouloir, je blesserais ceux qui voudraient me caresser. — Aimes-tu mieux le venin de l'aspic ? — Tout le monde aurait horreur de moi. — Veux-tu les dents du loup? — Je deviendrais peut-être cruelle. — En ce cas, résigne-toi, et consens à souffrir. — J'y consens, grand Jupiter :

j'aime mieux être la proie des méchans que d'avoir leur méchanceté.

Imitons la colombe : il vaut mieux souffrir le mal que le faire.

FABLE L.

La Goutte d'eau.

Un homme, qui avait perdu sa fortune et qui se trouvait réduit à la plus affreuse misère, se plaignait et accusait la Providence de l'avoir abandonné. Oui, s'écriait-il avec amertume, Dieu m'a abandonné; je ne suis plus sur la terre qu'un être oublié; autant vaudrait ne plus exister. Et il invoquait la mort.

Un sage, qui l'avait entendu, s'arrêta et lui dit : Comment oses-tu blasphémer ainsi ! Quoi ! tu te crois abandonné, oublié ! et peux-tu donc penser qu'il y ait quelque chose au monde que Dieu abandonne et oublie ? Il voit tout d'un seul regard ; une seule pensée lui suffit pour embrasser l'univers dans tous ses détails. Lève les yeux, vois cette goutte d'eau qui pend à une feuille ; ce n'est rien, comparée à l'Océan dont elle a fait partie, et cependant le

soleil, qui n'est que l'ouvrage de Dieu, le soleil ne
l'a point oublié au milieu
des mondes; il la regarde,
il l'embellit de ses feux, il
lui donne l'éclat du dia-
mant. Elle va tomber, elle
s'abîmera dans le sein de la
terre. Mais garde - toi de
croire qu'elle sera perdue,
oubliée; elle se mêlera aux
eaux d'un ruisseau, aux eaux
d'un fleuve, aux eaux de la
mer; elle remontera au ciel
et fera partie de ces nuages
qui glissent sur nos têtes;
elle redeviendra encore

goutte d'eau où le soleil fera briller une étincelle de sa splendeur; elle ne sera jamais perdue! Et tu crois que l'homme, la plus noble des créatures, sera abandonné au hasard, sera jeté dans les abîmes de l'oubli! Non, non, Dieu veille sur lui, son regard ne le quitte point; et, innocent ou coupable, l'homme ne peut lui échapper, et doit recevoir ou le prix de ses souffrances, ou la punition de ses fautes.

FIN.

TABLE

DES

FABLES CONTENUES DANS CET OUVRAGE.

FIN DE LA TABLE.